AF487560

IL CONTRATTO

LUCIO MENCATELLI

Dicembre 1760.

L'uomo percorse con passo calmo e misurato la Judengasse. Il mantello nero come la notte che stava approssimandosi sulle case avvolgeva la sua figura imponente. Il freddo implacabile sembrò non incutergli alcuna reazione.

I rari esseri umani che incontrò, parvero istintivamente volerlo evitare, forse percependo un pericolo. Un pericolo antico ed eterno.

Ecco l'insegna della bottega. Povera ma decorosa. Più in alto , lo stemma. "L'ambizione e la vanità non mancano... E nemmeno l'avidità, ne sono sicuro.Un ottimo segno...", pensò tra sé.

Bussò alla porta.
Lo spioncino si aprì , lasciando filtrare all'esterno fioche luci di candele.
Uno sguardo di apprensione e di trepidazione scrutò la figura vestita di nero che attendeva oltre il vano.
Gli occhi dei due si incontrarono.
Attimi interminabili che avrebbero

determinato sorti e destini presenti e futuri.

Infine, il cupo suono del chiavistello annunciò la decisione.

<<Una buona serata, signore...Voi non mi conoscete, ma io conosco voi ....e so' che meritate molto più di quanto avete...

Ho una proposta da offrirvi...e un contratto da sottoporvi...Una proposta molto allettante, per voi e per la vostra futura famiglia...Siete un uomo fortunato anche se ancora non sapete quanto...Ma è una proposta che non ripeterò una seconda volta...>>.

Un vento gelido e angosciante si insinuò dalla porta aperta, insieme a quelle parole.

Ancora dubbi, ancora incertezze. Erano soprattutto gli occhi

dell'uomo vestito di nero che gli
facevano paura.

<<Va bene...entrate...vi ascolterò>>

Aprile 1769.

Il nobile Langravio di Assia Guglielmo IX accolse con apparente distacco la visita di quel giovane dal viso intelligente. Gli era stato segnalato da un suo stretto collaboratore come un genio della finanza.

Il giovane non parve intimidito ,alla presenza di quel nobile personaggio.
Attraversò lentamente il grande salone affrescato, percependo gli sguardi dei numerosi cortigiani che lo stavano attentamente indagando.
Una genuflessione sbrigata velocemente , come a sottolineare ai presenti una adeguata sicurezza in sé. Poi attese.
<<Vi prego, giovanotto... sedete...>> disse il Langravio.
<<Non ho molto tempo da dedicarvi..Un mio fidato consigliere mi ha indotto a convocarvi...Pare che abbiate qualche soluzione interessante riguardo alla gestione delle finanze di questo mio staterello.
Dite..avrò la pazienza di ascoltarvi...>>
<<Signore, conosco la situazione e so' che ambite a mantenere e

migliorare una condotta di vita consona alla importanza della vostra persona. Credo che ciò sia giusto e necessario...Un mio primo proponimento è il seguente :create un forte esercito, formato da valorosi combattenti...cercate i migliori.
Offrirete poi gli stessi a una o più nazioni in lotta . In questi tempi difficili non vi mancheranno coloro che ne abbisognano. Li offrirete in cambio di forti somme di denaro. Li offrirete sia all'una che all'altra parte. In questo caso l'unico vero vincitore sarete sempre voi...Io mi preoccuperò di seguire scrupolosamente questa operazione...ed anche altri vostri affari, se lo riterrete opportuno>>.
Il nobile non voleva concedere troppo alla spavalderia di quel giovanotto. Finse di soppesare,

valutare , ragionare insieme ai suoi cortigiani, che lo scrutavano malevoli.

Infine si concesse.

<<Sta bene, giovanotto...in realtà non avrei bisogno di voi...ho ben altre menti eccelse al mio servizio...ma voglio essere magnanimo : vi autorizzo a mettere in atto questi vostri piani.... badate bene di non deludermi...So' essere molto cattivo con chi mi delude !>>

Il giovanotto non deluse.

Gli affari del Langravio presero la strada migliore e , con essi, anche i suoi affari personali.

Gutle era il suo nome. Era carina.

Ma soprattutto era la figlia di un ricco mercante. Ebreo come lui.
C'era stato un breve fidanzamento , anni prima. E a 17 anni lui l'aveva sposata. Lei lo aveva ricambiato dandogli cinque figli e cinque figlie.
Quello era l'anno del Signore 1788, e la bottega di rigattiere del padre era

nel frattempo diventata una banca .
Le umiliazioni e gli stenti erano stati
dimenticati.

Ciò che non poteva dimenticare era
quell'uomo col mantello nero , i suoi
occhi di ghiaccio. E il contratto che
aveva firmato in quella fredda serata
del dicembre 1760.

Era giunto il momento. Riunì la
famiglia.

Attorno al grande tavolo di legno
intarsiato c'erano tutti, i più giovani
e i più adulti. Ognuno pronto a
prendere in sé oneri e onori della
famiglia, ognuno pronto ad
assumersene responsabilità e ideali.

Salomon, Nathan, Karl, Jakob,
Jeanette, Isabella, Babette , Julie ,
Henriette.

<<Figli miei...portate un nome che è
divenuto in pochi anni simbolo
autorevole... e lo sarà da ora in poi

ancor di più. Tutto ciò che ora possedete , e di cui godete, e di cui godranno i vostri figli, e i figli dei vostri figli, dipende dalle mie e vostre capacità e volontà. E dipende da un impegno che io assunsi anni or sono con un nostro benefattore. In cambio , egli mi chiese qualcosa...
Voi manterrete quell'impegno sino a quando esso non ci sarà sollevato, o non sarà sollevato ai vostri figli , o ai figli dei vostri figli.>>
Mostrò il contratto.
Un vento gelido attraversò la stanza.
Brividi di angoscia percorsero i presenti.

Settembre 1793.

L'ondata di rabbia e di sofferenze troppo a lungo compresse, era traboccata nella Rivoluzione Francese.

E dalla Francia, il fiume sanguinoso di violenze e di desiderio di libertà stava invadendo altri Stati.

Il Langravio di Assia Guglielmo IX era molto preoccupato per le sue monete d'oro.

Il "giovanotto" che gli aveva ben suggerito l'uso migliore delle sue forze militari, era nel frattempo divenuto un capace anche se ancora modesto banchiere, nonché suo buon consigliere per investimenti in monete antiche e oggetti di archeologia, tanto che gli era stata attribuita la carica di fornitore ufficiale di medaglie per Sua Altezza Serenissima.

Mentre l'armata rivoluzionaria si stava avvicinando, lo convocò nel suo Palazzo.

<<Giovanotto, quello che vedete è un baule colmo di fiorini d'oro...Vi conosco come persona onesta e coscienziosa...Accettatelo in deposito

e proteggetelo...Me lo renderete in tempi migliori>>

<<Voi mi onorate per così tanta fiducia, ma dimenticate che tra non molti giorni arriverà l'armata rivoluzionaria e occuperà la città. Non posso garantire per la sua sicurezza>>

<<Voi credete che la città sarà presa? Se accadrà, sono certo che voi troverete il modo di custodirlo al meglio>>

Così dicendo, il Langravio lo salutò e se ne andò senza ulteriori indugi.

Di lì a poco l'Assia si arrese alle truppe francesi. E il " giovanotto" perse tutte le sue proprietà , la sua banca fu occupata, e confiscati i depositi.

Ma non si abbattè d'animo. Appena i francesi evacuarono la città, egli riaprì la banca, e lentamente riattivò i suoi affari, pur tra mille difficoltà, non tardando a riacquistare ricchezze e benessere.

Il Langravio tornò dal suo esilio provvisorio e volle fargli visita.
<<Giovanotto, so' che avete perduto tutti i vostri averi...e non oso chiedervi che fine abbia fatto il mio baule di monete d'oro >>
<<Venite con me, signore..>>
Entrarono nei locali della banca.
<<Eccolo ,signore...è intatto...è così come me lo avete consegnato...Ho ritenuto mio dovere proteggerlo più di ciò che possedevo...la fiducia che mi avete concesso vale molto di più delle mie ricchezze..>>
Il Langravio lo abbracciò , commosso.

Gennaio 1800.

Il mosaico era già manifesto, l'obiettivo finale già deciso. Ogni elemento sarebbe stato collocato al posto giusto.

Salomon venne inviato a Vienna. Di lì a poco, dispose per aprire una filiale della Banca. Nel frattempo, riuscì ad entrare nelle grazie dell'Imperatore d'Austria e ne divenne agente e consulente finanziario.

Nathan, sin dal 1798 si era trasferito a Londra , e nel 1805 venne aperta la relativa filiale.

Amschel rimase a curare gli affari della sede tedesca di Hannover.

Karl fondò la filiale di Napoli. Venne scelta quella sede in quanto capitale dello Stato più prospero della penisola. Così era in quegli anni.

Nel 1811, Jakob si occupò di rendere operativa la filiale di Parigi.

Le sorelle sposarono uomini d'affari, nobili, mercanti. In particolare , Henriette si unì in matrimonio con un facoltoso possidente inglese. Egli, in società con Nathan, nel 1824 avrebbe fondato la compagnia assicurativa Alliance, divenuta poi con successivi accorpamenti la Royal & Sun Alliance, una enorme multinazionale nel settore assicurativo.

I gradini del potere dovevano essere percorsi cautamente, passo dopo passo. E i passi non dovevano essere sbagliati.

Arrivò, a tempo debito, anche l'agognato titolo nobiliare. Era il 1822 quando l'Imperatore d'Austria conferì a Salomon il titolo ereditario di Barone. Il medesimo riconoscimento venne attribuito, in virtù dei legami familiari, anche ai suoi fratelli.

Un altro gradino verso la vetta. La modesta bottega del rigattiere della Judengasse? Era già cosa dimenticata, morta e sepolta.

Cancellata dalla memoria , anche se erano trascorsi solo pochi anni dalle loro precedenti vite vissute in quella casa.

L'uomo avvolto nel nero mantello percorse nuovamente quella strada.

La porta a cui bussò non era l'accesso di una umile casa abitata da umili persone.

Era un fastoso palazzo.

<<Una buona serata, Amschel...>>

La voce era fredda, sgradevole. Il sorriso appena accennato, innaturale, malvagio. Ma erano gli occhi che mettevano paura. Gelidi come poteva esserlo la morte.
Amschel fu tentato di chiamare le sue guardie e liberarsi di quell'individuo.
Ma qualcosa, dal profondo di sè stesso, glielo impedì. Nulla poterono vanità e superbia, che lui aveva assimilate rapidamente in pochi anni, rimovendo l'umiltà di nascita.
Comprese ciò che andava fatto.
<<Vi prego...entrate...>>
Il sinistro fruscìo del mantello a contatto con il lucido pavimento di marmo accompagnò i passi dei due verso l'accogliente salotto interno.
Sedettero.
<<Amschel, ritengo siate a conoscenza del contratto...>>

<<Sì...ne sono a conoscenza...>>

<<Allora sapete che cosa mi aspetto da voi e dai vostri fratelli...Mi ritengo un benefattore.

Anni or sono diedi un consiglio a vostro padre...lo ribadisco a voi : siate partecipi e presenti in ogni conflitto esistente, ma siatelo schierandovi a fianco di ambedue le parti in lotta. Così facendo, voi sarete sempre e comunque i veri vincitori. Così facendo , avrete il potere che desiderate. Ed io l'avrò con voi.

Ancora un suggerimento...Vostro padre appose sul quel contratto il sigillo...Non vi sono concessi ripensamenti. Pertanto voi, i vostri figli, i figli dei vostri figli sarete tenuti ad onorare quel sigillo. Sino a quando io , e soltanto io, riterrò opportuno lo dobbiate onorare. In

caso contrario , le conseguenze non sarebbero piacevoli..
Avete ben compreso ?!>>
<<Signore...sì.. ho compreso..>>

Giugno 1815.

Napoleone era una belva ferita. Ma non vinta. Non aveva alcuna intenzione di darsi sconfitto. Nel 1814 era stato costretto all'abdicazione ed esiliato. Fuggito furtivamente dall'isola d'Elba, era rientrato in Parigi e si era ripreso il potere.

Davanti a lui, il definitivo confronto con il suo destino . A Waterloo, gli eventi lo avrebbero deciso.

"Siate partecipi di tutte le parti in lotta. Sarete sempre i veri vincitori". Così aveva suggerito il "Benefattore". E così si sarebbero comportati. Nathan finanziò la fazione con a capo il Duca di Wellington. Jakob sostenne la parte opposta, quella del Bonaparte.
Fu la sconfitta, per lui. E la resa definitiva,con l'umiliante conclusione sull'isoletta di Sant'Elena.
Ma ciò che fu terribile onta per Napoleone, fu pieno appagamento per Nathan e Jakob . I loro affari progredirono vigorosi e continui sulle due sponde della Manica.

La sera era limpida e fredda. La luce candida della Luna si diffuse presto sulla città.
Un refolo gelido e angosciante percorse la stanza. Annunciò qualcosa che sarebbe accaduto.
Jakob ebbe un fremito . Fu il freddo? O la paura ?

Sapeva che il "Benefattore" stava arrivando.

Passi cadenzati sul selciato. La sorda eco del batacchio sul portale.
L'uomo dal nero mantello fu fatto entrare.
<<Una buona serata a voi...>>
Gli occhi gelidi lo trafissero.
<<E anche a voi, signore...>>
<<A Waterloo avete ottenuto ciò che volevate, come io avevo preannunciato...
Ora , voi e i vostri fratelli potrete percorrere una strada ancor più facile e agevole.
Ho un suggerimento che sarà opportuno vorrete seguire.
Prestate i vostri servizi non a nobili mediocri e insignificanti, ma a re e principi. Fate in modo che si indebitino. Le occasioni non

mancheranno : guerre , ambizioni personali, vanità, avidità. Facilitate in ogni modo la loro fame di denaro.

Arriverà il momento in cui non saranno più in grado di ripagare i loro debiti. Allora, chiederete in garanzia la gestione delle loro imposizioni fiscali.

Ricordate bene ciò che sto' per dirvi : chi governa realmente uno Stato non è colui che comanda o che dispone leggi , normative e regolamenti. E' chi ne controlla le entrate e le finanze.

Avete ben compreso ? >>

<<Sì, signore...ho compreso.>>

Agosto 1830.

Luigi Filippo d'Orleans era stato partecipe attivo della Rivoluzione Francese, ne aveva condiviso gli ideali e combattuto le battaglie.
Ma non fu sufficiente. La fazione più estremista dei Comitati prevalse e lo osteggiò a tal punto da costringerlo all'esilio.

Visse in Svizzera ed in altri Stati sempre di espedienti, talvolta praticando l'insegnamento nelle scuole, ma sempre in misere condizioni economiche.

Dopo la definitiva abdicazione del Bonaparte , tornò in Francia e riprese il suo status nobiliare sotto il regno di Luigi XVIII.

In quell'anno l'Assemblea Nazionale lo proclamò Sovrano,detronizzandone il successore Carlo X.

Jakob si era prodigato in suo favore in più occasioni , in passato, e finanziò in due successive fasi la stabilizzazione economica e finanziaria dello Stato. Ne fu ricambiato abbondantemente, sino ad essere nominato Grand'Ufficiale della Legion d'Onore.

In quello stesso anno , il Belgio ottenne l'indipendenza.

Jakob stabilì con la famiglia una strategia adeguata.

<<Questo nuovo Stato avrà bisogno di ingenti risorse finanziarie. Ne approfitteremo per diventarne i padroni assoluti.>>

"Jakob, provvedete a riunire tutti i componenti la vostra famiglia>>
Così il "Benefattore" gli aveva comunicato.

Il salone del palazzo era affollato.
Nei visi dei presenti c'era tensione, dubbio.
L'attesa si fece insostenibile.

La serata era tiepida come lo poteva essere una serata estiva. Ma tutti percepirono un gelido alito di vento.
Il "Benefattore" salì a passi lenti la lunga scalinata.
<<Una buona serata a tutti voi...>>
Le parole erano cordiali, indulgenti. Ma non lo sguardo.
<<Non ho molto tempo da dedicarvi. Ho un desiderio. E voi me lo soddisferete. E' necessario , per ottenere gli scopi che ci prefiggiamo, che la famiglia resti unita. In anima, corpo, mente.
Perché questo avvenga , nessuno di voi abbandonerà la banca ritirandone la propria quota di patrimonio.
Inoltre, dovrete rapidamente fissare matrimoni tra voi, ciò onde evitare di disperdere i vostri capitali e il vostro potere con estranei.

Sono stato abbastanza chiaro ?>>
Tutti rimasero in silenzio.
<<Interpreto il vostro silenzio come un assenso. Seguirò costantemente il rispetto di queste esigenze>>.
Di lì a poco, Jakob sposò Bettina, sua nipote e figlia del fratello Salomon.
Un figlio di Salomon sposò la figlia di Nathan, suo fratello.
Altri sedici matrimoni avvennero in seguito tra cugini.
Il desiderio del "Benefattore" fu adempiuto.

La ricchezza accumulata stava diventando enorme. La famiglia ritenne necessario impiegarne una parte in più investimenti diversi.
Vennero acquistate miniere d'oro, zinco , mercurio.
In seguito a queste decisioni la filiale di Londra diventò la principale

fornitrice di lingotti alla Banca d'Inghilterra.

Salomon conferì somme importanti in fonderie austriache e finanziò i primi cantieri per la costruzione delle ferrovie di quello Stato, progetto completato successivamente da Jakob.

Le linee ferroviarie avrebbero collegato la Lombardia con Vienna e poi con Praga e Budapest.

"Ho una ispirazione per voi, Jakob >>
<<Dite pure, signore...>>
Non riusciva a guardare i suoi occhi.
Gli era difficile sostenere quello sguardo così malvagio.
Il "Benefattore" proseguì.
<<Avrete , tra breve, il piacere di concedere   prestiti   al   Papa...>>.

Accompagnò queste parole con un ghigno sprezzante.

<<Pio IX si troverà presto in una situazione assai complicata.

I repubblicani di Giuseppe Mazzini nel 1848 occuperanno Roma...

Il Papa avrà bisogno di soldi,tanti soldi, per combatterli...

Quanto è strana la Storia ...e quanto beffardo il destino...

Per secoli la Chiesa Cattolica ha osteggiato il vostro popolo.

Lo ha perseguito, posto in quartieri recintati. Ha impedito ai vostri giovani di studiare. Ha impedito che possedeste la vostre case.

Ora , la Chiesa Cattolica ha bisogno di voi per perseguire i repubblicani cattolici. La filiale di Londra ha già aiutato e aiuterà Mazzini.

Voi finanzierete il Papa, Jakob. Gli darete tutti i soldi che desidera. Quei soldi saranno molti utili.
Perché verrà un tempo in cui Chiesa Cattolica e ebrei saranno molto , ma molto vicini tra loro. E il Papa si inchinerà e ne bacerà la mano>>

Marzo 1860.

L'incontro avvenne in una località del Piemonte.

Le finanze del Regno di Sardegna erano prossime al disastro. Cattiva gestione e frequenti spedizioni militari ne erano causa.

La filiale di Londra e quella di Parigi avevano provveduto a rifornire di capitali quel Regno, ma ora l'indebitamento era divenuto insostenibile.Era necessaria una soluzione. E da trovare rapidamente.

Ce ne era una. Che al Conte Cavour non piaceva. Ma infine egli dovette adeguarsi.

Così , nel maggio 1860 , Garibaldi salpò da Genova con i suoi mille volontari.

Lo sbarco in Sicilia era stato accuratamente preparato.

Dalla filiale di Londra erano stati erogati altri soldi. Oltre a finanziare la spedizione dei Mille, finanziarono anche qualcosa di meno nobile.

Servirono per corrompere molti alti "gradi" dell'esercito borbonico, per cui Garibaldi , in Sicilia, non trovò resistenze insormontabili.

Anche perché i Mille non erano soltanto mille. Era presente al seguito un forte contingente di truppe irregolari inglesi e scozzesi, e vari vascelli militari di supporto ad essi che ne avrebbero protetto l'avanzata.

L'obiettivo ufficiale di tutta l'operazione era l'annessione del Regno delle due Sicilie al Regno di Sardegna. Era "fare l'Italia".

Poi, c'era un obiettivo molto meno ufficiale, più pragmatico : mettere le mani sui 1200 milioni di ducati d'oro che costituivano le riserve del Banco delle Due Sicilie , al fine di ripagare i debiti contratti dai piemontesi con Jakob e con la Filiale di Londra e risistemare le finanze esauste del Regno sabaudo.

<<Le mie congratulazioni, Jakob.. Riunire l'Italia in un unico Stato è un obiettivo onorevole, ma sopratutto è

funzionale ai nostri progetti..>>, osservò il "Benefattore" <<Incluso quello di recuperare il credito concesso e riempire i forzieri della Banca... Il denaro è il Potere...e lo sarà ancor di più nel nostro futuro>>

<<Ritengo abbiate ragione,signore..>>

<<Avete fatto molto in tutti questi anni, Jakob...è giunto il momento che riposiate >>

<<Dite , signore ?>>

<<Sì, io lo dico !>>

Era il novembre 1868 , e così lo spirito di Jakob lasciò questa Terra e tutto il denaro e il potere inutilmente accumulati, andando a riposarsi in qualche parte non ben definita dell'Universo. Il suo patrimonio fu calcolato in 700 milioni di franchi, maggiore delle ricchezze dell'insieme di tutti gli altri banchieri francesi.

Grazie soprattutto a lui erano state aperte filiali in tutto il Mondo conosciuto, ricco o in procinto di diventarlo : Cina, India, Stati Uniti d'America, nonché altre filiali in Europa.

Il denaro e il potere della famiglia non avrebbero cessato di crescere e moltiplicarsi, pur in sua assenza.

Luglio 1870.

Alphonse subentrò a suo padre Jakob, presso la filiale di Parigi.

Subito, ebbe occasione di mostrare alla famiglia che era all'altezza della tradizione.

La guerra franco-prussiana andava risolvendosi in un disastro totale per la Francia.

I soldati prussiani di Otto Von Bismark dilagarono oltre i confini e infine occuparono Parigi.
Un'onta che macchiò indelebilmente la "grandeur" francese.
Gli invasori non avevano alcuna intenzione di rimanere per sempre a Parigi e in Francia. Ma per abbandonare il campo pretesero una montagna di soldi. Che lo Stato francese non aveva.
Fu Alphonse e la sua banca ad anticiparli. La conseguenza più importante, oltre a rendere libero il territorio francese, fu che la gestione delle finanze statali e delle imposizioni fiscali venne affidata alla sua banca.

"Lionel..cosa provate verso la famiglia Romanov ?>>

<<Provo per essi un odio immenso, signore>>

<<Mi piacete molto, Lionel..
Sì, l'odio è bello...è una forza molto rilevante dentro gli esseri umani...

L'odio permetterà di raggiungere i nostri obiettivi>>, disse il "Benefattore".

<<Sì, signore..>>

Lionel era subentrato a suo padre Nathan, presso la filiale di Londra.

I Romanov erano gli zar, gli Imperatori della Russia.

Quell'odio era nato per diverse ragioni. La religione aveva la sua parte di importanza, ma in fondo non così considerevole. C'erano i debiti , accumulati dagli zar nel corso di svariate guerre, e non saldati. C'era il loro rifiuto alla creazione di una Banca Centrale russa, aperta alle partecipazioni straniere, cosa che avrebbe consentito alla sua famiglia di entrarvi come azionista di riferimento. C'erano i suoi pozzi petroliferi del Caucaso, minacciati di esproprio in ogni momento.

Riguardo ai debiti, Lionel aveva imposto loro, come garanzia, il pegno di parte del Tesoro Imperiale, presso i forzieri della filiale tedesca.

Ma ciò non era sufficiente a placare il suo odio.

<<Lionel, sento che il vostro disprezzo per quella gente è profondo... dobbiamo indirizzarlo verso qualcosa di più concreto>>

<<Sì, signore...voi cosa suggerite?>>

<<Vi sono altre persone che provano per essi il vostro stesso odio... diventeranno i nostri alleati.>>

Lo Zar Alessandro II subì una serie di attentati. Quello del marzo 1881 fu fatale. Gli alleati avevano fatto il loro lavoro.

Ma l'odio non fu estirpato.

Gennaio 1914.

<<Caro Leopold...sapete quale è il momento giusto per investire ?>>

<<Non sempre , signore...>>

<<Quando il sangue scorre nelle strade....quello è il momento giusto. Ricordatevelo>>,disse il "Benefattore" conversando con Leopold, che aveva avvicendato nel frattempo il

padre Lionel presso la filiale di Londra.

<<E tra non molto il sangue scorrerà a fiumi...La Germania stà diventando troppo ricca e potente, e interferisce con noi anche nei territori coloniali. Ove riuscissero a terminare la ferrovia Berlino Baghdad avrebbero accesso in tempi relativamente brevi ai pozzi petroliferi della Persia, senza la necessità di rifornirsi via mare, e inoltre mettendo in pericolo i pozzi di nostra proprietà in quelle regioni. Il petrolio sta diventando una merce indispensabile. I nuovi motori navali e terrestri stanno sostituendo i motori alimentati tramite il carbone. Troppo più potenti rispetto a questi. Anche nelle fabbriche i telai e i macchinari, presto, funzioneranno con questo nuovo combustibile. Il

petrolio cambierà il futuro del mondo…

E tra non molto accadrà un'altra cosa che cambierà il futuro del mondo…Qualcosa che farà scorrere molto sangue. E noi ne trarremo giovamento.

Accadrà a Sarajevo…

Il Tesoro britannico è sull'orlo della bancarotta.

Noi abbiamo il denaro necessario per far sì che ciò non accada, e quindi abbiamo il potere che ne consegue.

Perciò il governo britannico farà ciò che noi desideriamo faccia, riguardo al petrolio e riguardo a Sarajevo.

Avete compreso, Leopold ?>>

<<Sì, signore..>>

Giugno 1914.

L'Arciduca Francesco Ferdinando d'Asburgo era in visita ufficiale a Sarajevo, accompagnato dalla consorte Sophìe.

Ad attenderli, insieme ad una grande folla, c'erano sette giovani, tutti seguaci della "Mano Nera" , una setta segreta di origine e provenienza serba.

Il convoglio all'interno della città fu oggetto di ostacoli, tafferugli, disordini, tentativi di assalti,nonché attentati falliti o sventati.

L'Arciduca ordinò di proseguire secondo l'itinerario prestabilito, imperturbabile e indifferente ai fatti che gli accadevano intorno.

Improvvisamente, venne deciso un cambio di tragitto.

Gavrilo Princip era il più giovane e il più inesperto tra gli aspiranti attentatori. Per questo era stato collocato in un luogo ritenuto non significativo ai fini dell'attacco.

Toccò a lui scrivere la Storia.

L'Arciduca cadde sotto i suoi colpi di pistola, al grido di "Bosnia libera!".

La polizia lo catturò, ma non venne giustiziato come accadde ai suoi colleghi. Morì qualche anno appresso in prigione.

L'assassinio dell'Arciduca scatenò le guerra che tutti, ansiosamente, attendevano da tempo.

Da una parte Germania,AustriaUngheria, Impero Ottomano.

Dall'altra, Francia, Regno Unito, Impero russo, cui, in seguito, l'Italia si accoderà.

Le immaginabili, previste e prevedibili conclusioni furono : sedici milioni di morti, un numero doppio di feriti, devastazioni di territori e città, dolore e povertà per i sopravissuti, l'arroganza e l'insolente superbia dei vincitori, l'odio e il desiderio di rivalsa e vendetta dei vinti.

Nulla di nuovo.

Comportamenti già visti e conosciuti. E che ancora si vedranno nella Storia dell'Uomo.

Come sempre, la famiglia finanziò l'una e l'altra parte in causa, tramite le filiali di Vienna , Parigi e Londra.
E , come sempre, essa fu la vera vincitrice.

Gennaio 1917.

Ludwig era il rampollo del ramo viennese della famiglia.

L'inquietante figura del "Benefattore" sedeva in quel momento davanti a lui.

<<Ditemi, signore…cosa pensate si debba fare ?>>

<<I Romanov…i presuntuosi zar di tutte le Russie…Secondo voi, caro Ludwig, cosa è giusto fare ?>>

<<Renderli inoffensivi, signore ?>>

<<Bene..vedo che state imparando..dobbiamo aiutare i nostri amici ebrei impegnati nella lotta contro di essi. Gli ebrei sono solo il cinque per cento della popolazione russa, ma tra non molto avverrà qualcosa che li eleverà sul resto del popolo…li farà arrivare sino al vertice del potere >>

Nell'ottobre 1917,la marea rivoluzionaria trascinò via e abbattè definitivamente il regime zarista. La famiglia imperiale fu catturata e imprigionata.

Nel vertice del Comitato Centrale rivoluzionario, sedevano nove ebrei , su dodici componenti. Lenin, Trotsky, Sverdlov, Zinoviev I più importanti. Tutti seguaci degli ideali propugnati da

Karl Marx , ebreo, il cui vero nome era Moses Kiessel Mordechai Levi. Egli era legato al ramo inglese della famiglia , grazie al nonno Barent Cohen e al suo legame parentale con Nathan (questi ne era il marito della figlia).

Nel luglio 1918, lo zar Nicola II e la sua famiglia vennero sterminati, comprese donne e bambini.

Come in tutte le rivoluzioni che si rispettino, anche in Russia, in nome della lotta ai nemici della libertà e del "popolo", furono perpetrati massacri di ogni genere.

I primi campi di concentramento furono inventati in Russia.

<<Abbiamo vinto, caro Ludwig…Il denaro per i nostri amici russi da dove è arrivato?>>,chiese il "Benefattore",
<<Dalla filiale tedesca e da quella americana, signore>>

<<Questo, per ragioni legate al petrolio?>>

<<Sì, signore...lo zar teneva il prezzo del petrolio troppo basso, incompatibile per rendere conveniente il petrolio americano...una concorrenza sleale che ora non ci sarà più, signore>

Dicembre 1919.

<<Ludwig...sapete che vostro nonno Salomon ebbe un figlio illegittimo?>>

Gli occhi del "Benefattore" osservarono la sua reazione, simili a quelli di un serpente.

<<No, signore...non lo sapevo>>

<<Ebbene , accadde che egli approfondì una breve relazione con una certa Maria Anna, una bella giovanetta che frequentava la sua abitazione in qualità di domestica...Questo figlio fu chiamato Alois.

Maria Anna riuscì, in seguito, a trovare un marito, malgrado quel fardello fisico e morale>>

Pronunciò quelle parole , accennando un sogghigno sarcastico, mentre continuava a fissare il suo interlocutore.

<<Questo Alois assunse il cognome del patrigno, Hiedler....Si divertì un mondo nella sua vita...Si sposò più volte, ebbe molti figli e molte amanti...Un tipo gaudente..non trovate, Ludwig ?>>

<<Sì, signore...ma per quale motivo mi raccontate questa vicenda, signore ?>>

<<Perché voglio parlarvi , in particolare, di uno di questi suoi figli. Dovrete essergli amico, Ludwig...In fondo è un vostro parente.

Ah...dimenticavo di dirvi...il cognome fu poi cambiato...ora non si chiama più Hiedler. Si chiama Hitler. Adolf Hitler. Ricordatevi bene questo nome , Ludwig>>

<<Sì signore...non lo dimenticherò, signore>>

Così Adolf, persecutore degli odiati ebrei, era in parte ebreo. La sua irresistibile ascesa fu garantita e supportata dalla famiglia, tramite le filiali di Londra e Hannover, e da un gruppo di amici della famiglia stessa, aderenti a varie società segrete.

In cambio , i loro beni e le loro vite non subirono danni e furono risparmiate.

Nel 1920, egli fondò il partito nazional socialista e, a seguire, mise in moto una colossale macchina della propaganda.

Da pittore fallito e senza un soldo, divenne leader politico carismatico, capace di muovere e affascinare masse enormi di cittadini, organizzare grandiose manifestazioni, pilotare le opinioni dei grandi giornali dell'epoca, comprare consenso.

Nel 1925, costituì e finanziò reparti d'assalto , in funzione difensiva e di deterrenza verso gli avversari politici, che denominò "S.S.". Fiumi di denaro, verso il povero ex pittore.

Il denaro è potere.

Una verità sacrosanta.

Settembre 1929.

A New York e in tutti gli altri Stati, le gente era allegra, spensierata. Le vacanze estive erano trascorse per tutti, o quasi tutti, in serenità.

L'economia stava crescendo, le industrie lavoravano a pieno regime, aumentando il loro fatturato, perché le persone compravano e consumavano. Questa formidabile espansione dei consumi fu dovuta a vari fattori. Non solo l'elevato reddito delle persone, ma anche nuove tecniche pubblicitarie, l'apertura di grandi magazzini per il commercio al dettagli, l'introduzione dei pagamenti rateali. Le banche inondavano di credito il mondo, dando anche a chi non se lo sarebbe meritato.

La Borsa, di conseguenza, prosperava, espandendo i risparmi di quaranta milioni di americani che, avidamente, ad essa affidavano una grossa parte del proprio reddito inutilizzato. Delegavano la gestione dei loro soldi fidando su aziende che spesso non valevano nulla, ma il cui prezzo di borsa , magicamente aumentava senza interruzione. Un esempio : la United Founders

Corporation , sorta da un fallimento precedente, aveva un capitale versato di 500 dollari. In quello strano e inquietante settembre il suo valore di borsa era di 600 milioni di dollari. Un altro esempio : un fondo di investimento che gestiva depositi di famiglie e piccole imprese, in Borsa era valutato un miliardo di dollari, e aveva un valore effettivo di sei milioni.

Questi incredibili prezzi erano frutto di un semplice, letale meccanismo. Avendo quei titoli una costante richiesta di acquisto, il loro prezzo lievitava perennemente verso l'alto.

Una ricchezza puramente virtuale. Ma ai piccoli risparmiatori appariva molto reale.

Un circuito di desideri e avidità convergenti, un sogno di ricchezza costruito sul niente.

Che si sarebbe presto infranto.

Nell'ottobre successivo, in pochi giorni, le principali banche ritirarono dal mercato diciottomila milioni di dollari, chiusero le aperture di credito a un grande numero di aziende, chiedendone loro l'immediata restituzione.

Conseguenze naturali e obbligate furono migliaia di fallimenti, disoccupazione massiccia, investimenti e risparmi affidati alla Borsa svaniti.

Molte aziende di buon valore e con buone prospettive, divennero proprietà delle banche maggiori a un prezzo irrisorio, grazie anche alla compiacenze di vari tribunali fallimentari.

Le Banche Centrali, compresa la Federal Reserve americana, erano di proprietà delle banche private più importanti, e non intervennero in maniera adeguata alla situazione.

In quelle banche private c'erano rappresentanti della famiglia.

La soluzione necessaria per togliere dalla fame milioni di disoccupati, fu individuata in interventi massicci dello Stato, attraverso investimenti in infrastrutture, costruzioni di strade, ferrovie , dighe, bacini idroelettrici. Inoltre vennero istituiti sussidi di disoccupazione.

Soprattutto , venne individuato un settore capace di risollevare da quel disastro economico e sociale : l'industria degli armamenti.

C'era solo un piccolo aspetto negativo in questo . Quegli armamenti, dopo essere stati ideati e realizzati, dovevano essere usati.

Febbraio 1933.

La riunione si tenne ad Hannover. Erano presenti tutti coloro che erano stati chiamati. C'era il ramo austriaco, quello tedesco, quello francese.

Il "Benefattore" li osservò. Uno ad uno. Nessuno di loro potè sostenere il suo sguardo , malgrado la loro

attitudine a dominare, l'arroganza ,
la superbia, la vanità usuali.
Perché il suo sguardo era il Male
assoluto, mentre essi erano solo il
male relativo, temporaneo.
Un suo gesto ieratico, solenne,
interruppe il brusìo sommesso e
timoroso che si era diffuso tra i
presenti.
<<Signori...avete avuto prova che ,
di nuovo, avevo ragione...Non è forse
vero ?! Rispondete !>>
Tutti fecero ampi cenni di
ossequioso assenso.
<<Il vostro caro parente e amico
Adolf ha preso formalmente il
potere, come auspicavamo.
Nel trascorso gennaio , è divenuto
Cancelliere del Reich.
E' divenuto il vate, il taumaturgo, la
guida della grande Germania.

Sarà colui che ne guarirà le ferite, dopo le umiliazioni e le vessazioni imposte dagli insolenti vincitori della guerra del 1918.
Lo è diventato grazie al vostro aiuto.
Lo aiuterete ancora, signori...
Ma lo farete attraverso amici e soci compiacenti, attraverso presta-nomi, attraverso enti finanziari occulti, attraverso amici aderenti alla società segreta Thule, che si ispira ai miei e vostri stessi ideali.
Non lo farete più in maniera esplicita e diretta...
Perché voi dovete andarvene!>>
Il brusìo si riappropriò del grande salone, salì di tono sino ad arrivare ad un muggito monocorde.
Alcuni ebbero l'ardimento di pronunciare parole di disapprovazione.
<<Osate ribellarvi ?!>>

La sua voce gracchiante e metallica risuonò sinistra tra le pareti.

Il muggito si affievolì magicamente.

<<Voi ve ne andrete, signori...Il vostro futuro è in Svizzera, Inghilterra, Stati Uniti d'America...

Da ora in avanti, e per sempre, agirete nell'ombra, nascostamente, segretamente.

So' che le vostre pur giuste vanità , ambizione, arroganza, desiderio di apparire e essere adulati, sono grandi, ma dovrete contenere, dominare queste emozioni. Il nostro scopo è più grande e importante di sterili voglie personali.

Non temete per i vostri beni. Saranno preservati. Non temete per i vostri soldi. Troverete banche compiacenti che li proteggeranno.

In particolare negli Stati Uniti, incontrerete molti nuovi amici che, pur di fare affari, vi aiuteranno e aiuteranno Adolf a perseguire la sua missione. Grazie anche a loro, egli solleverà l'economia tedesca dal fango dove è precipitata. Egli ridurrà la disoccupazione e la fame. Egli farà risorgere l'esercito.

Provvederà alla creazione dei più moderni armamenti.

Ford, General Motors, General Electric non si faranno scrupoli a partecipare a questa ricostruzione.

La IBM fornirà al Reich le più moderne macchine calcolatrici. Il suo presidente verrà , per questo, insignito della "Croce al merito dell'Aquila tedesca".

La Standard Oil fornirà assistenza, combustibili e prodotti chimici alle nostre industrie del settore.

In particolare, stipulerà contratti con la JG Farben, che voi ben conoscete, e a cui siete molto legati, allo scopo di realizzare gas letali per uso militare e, per così dire, uso civile.Serviranno per diminuire la popolazione di elementi non utili ai nostri scopi.

Grandi banche americane parteciperanno alla festa. Forniranno capitali in cambio di importanti pacchetti azionari in Deutsche Bank e Dresdner Bank.

Vi sono e vi saranno molti ebrei che aiuteranno Hitler apertamente. Alcuni di loro saranno insigniti del titolo di "Ariano d'Onore".

Ma non voi. Voi non avrete questo privilegio.

Voi non dovrete apparire.

Questo è il mio volere, e a questo voi vi atterrete.

Avete ben compreso ?! >>

Il suo sguardo freddo come quello di un serpente esaminò i volti intorno a lui.

Tutti tacquero,assecondando quelle parole.

Il loro ostentato potere era poca cosa di fronte al potere del "Benefattore".

Settembre 1939.

Hitler voleva il Mondo. Non si sarebbe accontentato della Germania.

Aveva già ottenuto Austria e Cecoslovacchia, senza particolari rimostranze da parte di Francia e Inghilterra, le altre potenze europee.

Per cui, si sentì autorizzato ad invadere anche la Polonia, cosa che fece il primo settembre.

Due giorni appresso , Francia e Regno Unito gli dichiararono guerra.

Tra alterne vicende , le ostilità si protrassero sino al 1945, momento in cui la Germania accettò la resa.

La guerra proclamata per vendicare la sconfitta e le umiliazioni subite da essa nel 1918, si risolse in una nuova sconfitta e nuove umiliazioni.

I morti, in questo caso , sono stati calcolati tra i cinquantacinque e i sessanta milioni. Come sempre , furono i civili, e non i militari, a subirne le maggiori conseguenze.

Bombardamenti,rappresaglie, campi di sterminio, persecuzioni , fame , malattie. Il solito, tragico menù di ogni conflitto.

Quasi tutte le nazioni del Mondo ne furono coinvolte, direttamente o indirettamente. Da una parte Francia, Inghilterra, Paesi del Commonwealth britannico, Stati Uniti d'America, Unione Sovietica. Dall'altra, Germania, Giappone e inizialmente anche Italia.

L'ultimo atto, e l'epilogo di questa catastrofe, furono però diversi dal solito stereotipo.

Sul palcoscenico del consesso umano fece il suo esordio una nuova arma , di inimmaginabile potenza.

Hiroshima e Nagasaki furono le città giapponesi premiate da questo atroce frutto dell'ingegno umano.

Il 26 luglio del 1945 , il presidente degli Stati Uniti Harry Truman inoltrò al Giappone la richiesta di resa,senza accennare al possibile uso della bomba atomica. Richiesta che il Giappone non accettò.

Anche in questo caso , come in tutti i bombardamenti, per così dire, normali, furono i civili , e non i militari, a subirne le conseguenze.

Uno degli aerei americani componenti la squadriglia che eseguì la missione, si chiamava "Necessary Evil", "Male Necessario".

Questo "Male Necessario", nella prima decade di agosto 1945, causò circa trecentomila vittime, nel momento dell'esplosione, e altre migliaia e migliaia nei giorni e mesi successivi, a causa del calore , delle fatali e persistenti radiazioni e delle malattie da esse provocate.

Col consueto , inutile "senno di poi", resta il dubbio se questo dramma si sarebbe potuto evitare ,ad esempio illustrando compiutamente alle autorità giapponesi gli effetti immediati e le ripercussioni successive dovute all'uso della bomba.

Cosa che, a quanto risulta , gli americani non fecero.

Spetta dunque alla coscienza della Storia stabilire se quella decisione fu un "Male Necessario", oppure un male evitabile.

Giugno 1949.

<<Vostro padre ha lasciato questo mondo...ora tocca a voi, caro Guy.>>
<<Si,signore...>>,egli rispose, intimidito e commosso, al "Benefattore", seduto di fronte a lui in quel momento.
<<La filiale francese della Banca è nelle vostre mani, Guy...>>

<<Signore, io mi intendo di cavalli e di vini...>>

<<Imparerete velocemente...il primo atto che compirete è evitare, per adesso, di dare la notizia della morte di vostro padre.

Prima di dare il comunicato, venderete ,ora, parte del pacchetto di azioni Royal Dutch Shell e De Beers.

Nel momento in cui darete la notizia, il loro prezzo di borsa calerà ampiamente. Ma voi avrete già provveduto a incassare a prezzi più alti. Potrete poi reinvestire quelle cifre ricomprando le stesse azioni.

Vedete quanto è semplice manipolare le aspettative degli uomini ?>>

<<Ah..interessante,signore..col vostro aiuto potremo manovrare il mercato borsistico come meglio vorremo...

Siamo i padroni della Borsa, signore...Non è forse vero ?>>

<<Avete compreso, Guy. E continueremo ad esserlo.

Siamo noi i padroni del Mondo, non solo i padroni delle Borse... Siamo noi a decidere cosa è Bene e cosa è Male.

Cambiamo argomento, Guy... dovrete prendere un uomo sotto la vostra "ala" protettrice . Si chiama Georges Pompidou. E' un insegnante di lettere. Ci sarà molto utile in futuro. Favoritelo in tutti i modi.>>

<<Sarà fatto , signore.. lo assumerò presso la banca a livello direzionale.>>

Nel 1959, una azienda di proprietà della famiglia , la "Nickel", iniziò a soffrire una forte crisi, a causa della diminuita richiesta mondiale di quel metallo.

Pompidou , divenuto nel frattempo uomo di fiducia del presidente De Grulle, fece emanare un decreto per la creazione di una nuova moneta, tutta in puro nickel.
Il favore era stato ricambiato.

In seguito , nella società "Nickel" vennero raggruppati tutti i pacchetti azionari delle varie compagnie minerarie possedute dalla famiglia, tra cui la Rio Tinto (miniere di uranio, oro, piombo, zinco, smeraldi), e la Penarroya (miniere di carbone , zinco ,rame).
Nel contempo, un'altra azienda del ramo francese della famiglia, la Compagnie du Nord, fu fatta diventare una gigantesca società finanziaria, con partecipazioni in società ferroviarie, miniere, e società di estrazione del petrolio, tra cui la

Royal Dutch Shell. Il patrimonio complessivo ? Venti miliardi di franchi, pari a circa otto miliardi di dollari del tempo.

Ottobre 1963.

<<Il Presidente ci sta' creando problemi, signore..non so' se ne siete a conoscenza...>>

<<Io sono al corrente di tutto ciò che accade nel Mondo. In ogni caso , ditemi pure...>>, rispose il "Benefattore", irritato per una tale noncuranza verso la sua figura .

<<Sta' per emettere un Ordine Esecutivo. Vuole impedire alla Federal Reserve, che noi controlliamo, di erogare prestiti gravati di interessi a carico del Governo Federale degli Stati Uniti e impedire che essa abbia la facoltà esclusiva di emettere moneta.

Ciò significherebbe per noi una grande perdita di denaro..e una grandissima perdita di potere.>>

<<So' cosa potrebbe significare, non sono nato ieri...sono secoli che conosco i meccanismi dei prestiti..e del potere..>>,replicò sempre più stizzito il "Benefattore".

<<Chiedo scusa, signore...non volevo mancare di rispetto...Cosa dobbiamo fare , signore ?>>

<<Accadde la stessa cosa con un suo predecessore. Abramo Lincoln fece un tentativo simile per sottrarre la

gestione delle banconote e il diritto di stamparle, alle banche private, che avrebbero così perso un sacco di soldi in forma di interessi non pagati dal governo.

Booth , il suo assassino, era un nostro amico...Ma torniamo all'oggi...Ci sono altri, interessati affinchè il Presidente venga reso inoffensivo...Petrolieri, industriali delle armi, mafia, cubani esiliati, servizi segreti...Organizziamo qualcosa di importante tutti insieme. Prenda velatamente accordi con i competenti intermediari. Naturalmente, come accadde con Booth, dovrete trovare un convincente "capro espiatorio", abbastanza folle e abbastanza savio da motivare i suoi atti in modo tale che possa persuadere il popolo e la giustizia americana, senza avere la possibilità di chiamare in causa noi e i nostri amici>>

Il 21 novembre 1963 il Presidente degli Stati Uniti John Fitzgerald Kennedy fu assassinato.
Il "capro espiatorio" fu Lee Harvey Oswald, un ex militare, psicopatico, pieno di problemi personali e familiari.
L'organizzazione del complotto fu abbastanza maldestra.
Almeno cinquanta testimoni videro gli spari provenire da una collinetta a lato della strada in cui stava transitando l'auto del presidente, molti dei quali, peraltro, morirono in seguito, in circostanze strane. La postazione da cui , pare , avesse sparato Oswald era situata in tutt'altro luogo , molto più distante e

molto disagevole per effettuare i tiri mortali. Esperti dichiararono che nemmeno un eccellente tiratore,dalla posizione in cui si trovava Oswald, avrebbe potuto colpire il presidente con la traiettoria che fu fatale. E Oswald non era un eccellente tiratore, né disponeva di un'arma tanto efficace.

Ma la Storia, non sempre Madre di Verità , ce lo consegna come unico assassino.

Gennaio 1978.

<<Chi sarebbe questo Aldo Moro, signore ?>>

<<E' un uomo politico italiano, caro David...Sta' per commettere il più grave errore della sua vita...>>, rispose il "Benefattore",<<Vuole far entrare i comunisti nel governo ..il nostro caro amico Henry glielo

impedirà. Moro è testardo. Henry lo aveva avvertito."Se non cambiate la vostra politica, la pagherete cara. Vedete voi come volete intendere questo consiglio. Noi vi abbiamo avvisato". Così gli disse.>>

<<State parlando del nostro confratello Henry Kissinger, signore? >>

<<Esattamente, David...Gli uomini sono alquanto strani e ridicoli..Egli è stato ricompensato con il Nobel, il Nobel per la pace...Mi immagino le risate che si sarà fatto mentre glielo consegnavano...Chi più di lui ha odiato e odia la pace ? E' amante del cinismo, è privo di deboli sentimenti. Non ha scrupoli morali. Ha infatti agito molto bene in situazioni difficili, come in Cile e Argentina, facendo difendere

adeguatamente i nostri interessi. E così farà anche in Italia.>>

Nel febbraio 1978 il senatore Aldo Moro venne rapito. La Storia ci informa che gli autori del rapimento furono i terroristi delle Brigate Rosse, una forza extra-parlamentare di sinistra che in questo modo voleva impedire che egli realizzasse un governo con il Partito Comunista, forza parlamentare di sinistra.
Questo, ci dice la Storia.
La Logica dice tutt'altro .
Per quale sensata ragione uomini con ideali di sinistra dovrebbero ostacolare il governo di altri uomini con gli stessi ideali?
E infatti, nonostante quaranta e più anni di depistaggi, falsi testimoni, prove costruite ad arte, richieste di desecretazione di documenti non

adempiute dalle autorità, di destra e di sinistra e di centro, succedutesi nel tempo, oggi piccoli, saltuari sprazzi di verità gradualmente emergono.

La prigione di Aldo Moro era situata in una palazzina di proprietà dei Servizi Segreti . Sulla scena del rapimento era presente un generale dei carabinieri, per motivi sconosciuti e senza che egli abbia dato luogo ad un intervento in difesa del senatore.

Alcuni brigatisti che parteciparono all'agguato avevano operato come agenti della C.I.A. e dei servizi segreti israeliani.

Steve Pieczenik era il mediatore inviato dagli americani su richiesta del presidente del consiglio Cossiga, onde intraprendere una trattativa con i terroristi. Egli ha dichiarato che in realtà non doveva esserci una trattativa, che doveva passare la cosiddetta linea della "fermezza", che Moro doveva essere lasciato morire.

Una fermezza che in molti altri casi di rapimenti, politici e non, fu tutt'altro che rispettata. Non nel caso del sequestro del presidente della Regione Campania Ciro Cirillo, ad esempio, in cui fu conclusa con successo una negoziazione coi brigatisti responsabili del reato.

I brigatisti arrestati per l'assassinio dell'onorevole Moro hanno scontato pochi anni di galera, e ora sono tutti felicemente in libertà. Questo ,in nome di un fantomatico desiderio di pace sociale e di una ipocrita e ingiustificata volontà di perdonare, in cui anche il Vaticano ha le sue colpe   ben   nascoste . Alessio

Casimirri e sua moglie, partecipi attivi di quel rapimento, furono fatti fuggire da personaggi altolocati del Vaticano. Le prime riunioni delle Brigate Rosse avvennero in un oratorio della Curia di Chiavari, in quanto molti di essi erano iscritti all'Azione Cattolica.

In conclusione , in questo caso, né la Storia né la Cronaca sono in grado di mostrarci la Verità. Forse lo potrà il Tempo, quando i personaggi coinvolti in questa torbida vicenda saranno dimenticati e qualcuno, forse, potrà scavare liberamente in quel fango.

Agosto 2001.

<<I vostri informatori cosa riferiscono, Jakob ?>>, chiese con tono freddo e autoritario il "Benefattore".
<<Asseriscono che è tutto a posto. Gli arabi si stanno preparando ...I nostri li stanno seguendo con

discrezione. Li controllano ma senza interferire.>>

<<Accadrà tutto tra non molto...e il Mondo cambierà...>>

Quella mattina alcuni dipendenti ebrei delle varie banche site lungo i piani dei grattacieli del World Trade Center di New York, ricevettero questo anonimo avviso :

"E' opportuno che oggi non andiate al lavoro".

Era il 11 settembre. E accadde l'impossibile.

L'attacco, attuato grazie al dirottamento di due aerei di linea, fece scomparire dalla faccia della Terra le due Torri gemelle , simbolo del potere di New York e degli Stati Uniti d'America.

Cosa è accaduto realmente quella mattina ? Ecco alcuni elementi su cui riflettere.

Immensi edifici, capaci di sopportare terremoti di immane potenza, che si sbriciolano su se stessi come carta,in pochi minuti.

L'edificio nr 7, mai colpito dagli aerei, né da detriti dei grattaceli crollati, dopo ore dagli attacchi, si affloscia d'improvviso .

Settecento aerei adibiti alla difesa aerea in quel quadrante, causa una urgente esercitazione, vengono allontanati da New York.

Il fuoco derivante dagli incendi delle Torri continua ad ardere,inestingui-bile, con calore fortissimo, ancora dopo svariate settimane dal momento dell'impatto; il motivo? Mistero.

La relazione, documentata ma inascoltata, di un agente del F.B.I. informava , sin da Luglio, circa la presenza di numerosi individui medio-orientali,iscritti e partecipanti a scuole e corsi di pilotaggio per aerei di grosse dimensioni.

Le informative indirizzate al presidente Bush un mese prima del 11 settembre, riguardo al possibile allestimento di attentati entro un breve lasso di tempo. Il presidente , a seguito di tali note, decide di trascorrere un mese di vacanza nel suo ranch in Texas. Quando accade l'evento e gli viene comunicato, lo si vede in televisione continuare a leggere, in tranquillità, un libro in una scuola.

In contemporanea all'azione sulle due Torri, ci fu un attacco a mezzo di un altro aereo dirottato, con obiettivo il Pentagono. O almeno questa è la versione ufficiale.

Però le immagini mostrano un foro perfettamente circolare , aperto sulle mura esterne dell'edificio. Del presunto aereo non ci sono tracce di ali, né dei sedili dei passeggeri, né dei motori.

Indagini di diverse agenzie hanno dimostrato che , vari giorni innanzi all'atto terroristico, sono state investite ingenti somme , tramite contratti di vendita "short" , o opzioni "put", a valere su aziende che, successivamente all'attentato , ebbero un enorme calo del loro prezzo di borsa. Quegli strumenti consentirono di vendere le azioni al prezzo corrente prima del 11 settembre, quindi molto elevato, e di ricomprarle al prezzo post-attentato. Con un utile enorme.

In particolare si sono riscontrate numerose operazioni sulle compagnie aere coinvolte United Airlines , American Airlines, e altre operazioni su varie società assicurative che coprivano il rischio di attentati alle Torri.

In queste indagini furono implicati personaggi di rilievo , come Paul Bremen , ex amministratore della Henry Kissinger Associates, alcuni ex dirigenti della C.I.A., un individuo legato alla famiglia Bush, la A.I.G., una enorme multinazionale del settore assicurativo.

La conclusione di quelle indagini fu che in tutti i casi non vi erano prove sufficienti per dimostrare complicità o conoscenza preventiva di quanto sarebbe accaduto.

Forse le prove non saranno state sufficienti. Però resta difficile spiegarsi per quale motivo furono investiti e messi a rischio milioni di dollari, in mancanza di presupposti minimi per trarne un guadagno.

<<Sono trascorsi giorni dall'attentato…I fatti procedono come previsto, Jakob…>>, disse il "Benefattore".
<<Si, signore…>>
<<Intuisco un vostro turbamento, Jakob…e la cosa non mi piace>>
Lo sguardo del "Benefattore" lo penetrò come una lama. La sua voce cattiva gli urlò sul viso.
<<Avete dubbi, Jakob ?! Vorreste forse dirmi che siete pentito ?! Come osate ?! Il nostro contratto, Jakob… Ricordate il contratto ?! C'è il mio sacro sigillo su quel contratto…e il sigillo della vostra famiglia!>>
<<Non l'ho dimenticato signore…però ci sono tremila morti

innocenti sotto quelle torri...e altre migliaia li seguiranno tra non molto tempo, a causa dei fumi di amianto e di altri gas nocivi che i sopravvissuti hanno respirato...Perchè tutto questo ?>>

<<Siete un debole, Jakob ! Mi state deludendo , e quando mi sento deluso posso essere molto cattivo... Dove sono andate a finire la vostra enorme ambizione, l'arroganza, il cinismo, l'avidità di potere, l'egoismo di un tempo ?! Abbiamo una missione , Jakob...non abbiamo tempo per i dubbi! Il Mondo deve diventare un'unica , grande nazione, senza più confini, diversità di ideali, di religione, di lingua, di razionalità confuse e differenti, di capricciosa volontà di indipendenza.Vale a dire esattamente ciò che dichiarò nel 1950, al Senato Americano , il

fratello James Warburg, ebreo come voi e vostro parente. Egli disse :" Un giorno avremo un governo mondiale, che vi piaccia o no. La sola questione che si pone è sapere se questo governo mondiale sarà stabilito con la forza o con il consenso".

Jakob, il Mondo sta' per inchinarsi di fronte al nostro grande Re. E noi saremo i suoi consiglieri, con pochi vassalli e tanti servi.

Sapete che il Re è già tra noi. Tra poco si mostrerà . Ma noi dobbiamo preparare il suo palcoscenico.

Quindi non osate più avere dubbi davanti a me !>>

<<Vi chiedo scusa , signore..>>

<<Mi avete molto irritato, Jakob...ma voglio essere magnanimo come poche volte sono stato ..

Volete spiegazioni ? Ve le darò...

Questi tremila morti servono. Sono il salvacondotto per aprire un grande fronte di guerra, con la giustificazione morale della necessaria caccia a Osama Bin Laden...La cosa più ridicola di questa storia è che egli è stato, anni or sono, nostro informatore e alleato. La sua famiglia è stata unita in affari economici e finanziari con quella del Presidente Bush...

Apriremo una linea di guerra in Afghanistan. Occuperemo quello stato e ci sarà utile perché è il più grande produttore di oppio del Mondo. E oppio vuol dire droga. Droga vuol dire soldi. Poi attaccheremo l'Iraq. Che cosa vi ricorda questo?>>

<<Mi ricorda il petrolio, signore...e mi ricorda Israele..I nostri amici hanno necessità di allargare i confini

della Terra Promessa a danno delle meschine nazioni con essa confinanti. Che metteremo in crisi adeguatamente.

"Divide et impera". Così asserivano i Romani. E così faremo . Arabi contro arabi, musulmani contro altri musulmani. E gli odiosi cristiani presi nel mezzo come agnelli sacrificali.

Tutto questo affinché avvenga il Giorno della Apparizione, il giorno in cui il nostro Messia si presenterà e sterminerà nemici , avversari ed eretici.>>

<<Molto bene, Jakob . Così mi piacete. Abbiamo alleati sia tra i musulmani che nella Chiesa di Roma.A suo tempo si manifesteranno. E abbatteremo così la blasfema religione cristiana e i suoi adepti>>

$\mathbf{M}$aggio 2016.

<<Signore, c'è stata una delazione..
a Panama...lo studio legale Mossack
Fonseca. Qualcuno di loro ha fornito
informazioni riservatissime alla
stampa....Ci siamo anche noi,
naturalmente. Abbiamo almeno
ventuno nostre banche e società
finanziarie coinvolte, oltre ad altre in

cui abbiamo partecipazioni. Questo ,
tra Malta, Panama, Bahamas,
Guernsey... Abbiamo nascosto,
coperto, ripulito e riciclato miliardi ,
per conto di importanti personaggi .
Politici di livello elevatissimo di
quasi tutti gli Stati del Mondo,
criminali, signori della droga,
industriali, religiosi...>>

<<Conosco il problema, Jakob..>>,
rispose gelidamente il "Benefattore".

<<Che cosa può accaderci,
signore?>>

<<Niente ,potrà accaderci, Jakob. Ci
sarà , ovviamente, un iniziale,
notevole scandalo mediatico. Una
fiammata rumorosa, sfolgorante.
Giornalisti affamati di un po' di luci
della ribalta si affanneranno , si
faranno paladini dell'Onestà,
vorranno dimostrare, provare,
infangare. Poi, considerando che noi

siamo in tutti i consigli di amministrazione dei principali "media", nei giornali più letti, nelle televisioni più ascoltate, nelle radio, nei "social" più partecipati, nelle case di produzione cinematografica , si calmeranno. Ognuno di loro ci tiene alla carriera e allo stipendio. Ogni uomo ha un prezzo, ha detto qualcuno. Troveremo il giusto prezzo per ciascuno di loro. Un pò di carriera, qualche velata minaccia, qualche improvviso e imprevisto ostacolo, qualche difficoltà insormontabile, qualche piccolo ricatto. Ognuno ha qualcosa da nascondere. Che noi troveremo. Tutto si acquieterà, vedrete.
Sarà un uragano in un bicchiere d'acqua. Intanto , noi e i nostri amici avremo venduto più copie di

giornali, collocato più spazi pubblicitari ad un maggior prezzo. Guadagneremo più soldi, Jakob. In fin dei conti i veri colpevoli sono quei personaggi. Essi si sono rivolti a noi per occultare i loro peccati, le loro ruberie e malefatte, le loro miserie umane. La gente non ha una grande memoria, ha voglia di dimenticare,è rassegnata all'ingiustizia e alla disonestà.

Piuttosto , ciò potrebbe favorire la nostra missione. Quando metteremo sul piedistallo del Mondo il nostro grande Re, che prometterà e poi dimostrerà, inizialmente, ma soltanto inizialmente, di voler ripulire l'umanità dall'ingiustizia, dalla povertà , dall'iniquità, ci acclameranno tutti . Non vedranno l'ora di farsi dominare da noi>>

Febbraio 2020.

<<Il virus sta' avanzando in tutto il Mondo, signore..>>

<<Certamente , Jakob...e sarà molto utile>>,rispose il "Benefattore",<<Ci sarà una sequela incalzante e continua dei "media", i nostri "media", sulla indispensabile ricerca di un vaccino.

Le maggiori case farmaceutiche riceveranno immense sovvenzioni per lo studio e il conseguimento di esso.
Sovvenzioni pressoché inutili, perchè quei virus si modificano continuamente.
Inutili per il Mondo , ma non per noi e per le Società farmaceutiche dove noi, o i nostri fedeli vassalli, siamo compartecipi.
Soldi . E Potere, Jakob. E altri soldi e altro Potere. Perché questa epidemia porterà al blocco delle attività economiche, per impedirne la diffusione. Le aziende quotate in Borsa vedranno diminuire le loro vendite e i loro utili. Il loro prezzo di Borsa franerà e noi potremo comprarne come e quanto vorremmo a costi estremamente convenienti.

E in seguito, onde proteggere il Mondo da queste future catastrofi sanitarie, ci sarà chi griderà a gran voce alla attuazione di un nuovo Ordine Mondiale, un nuovo unico potere in grado di controllare, difendere, decidere al meglio, per tutti.

Una di queste sarà la signora Avril Haines, ex vice direttore della C.I.A. ed ex consulente del presidente Obama, che ne parlerà chiaramente in suoi pubblici interventi.

Un altro sarà Bill Gates , ex presidente di Microsoft, che profetizzerà, per il futuro, altre pandemie di questo tipo e diventerà il paladino delle Società farmaceutiche, salvatrici dell'Umanità. Questo non certamente per filantropia disinteressata. I milioni che vi ha

investito gli dovranno ritornare. Tutti. E accresciuti .
Saranno, i loro, interventi per nulla imparziali e obiettivi, ma utili per noi. Faranno salire un altro gradino all'Umanità verso il compimento della nostra missione finale>>

Maggio 2020.

<<E' accaduto esattamente sei anni or sono, signore..>>

<<Ne sono a conoscenza , Jakob. Oggi è un anniversario importante. Per me e per voi tutti.
Quel giorno , è accaduto ciò che doveva accadere da millenni>>, rispose il "Benefattore",<< Il 26

maggio 2014, a Gerusalemme, il Papa, l'idolo vivente dei credenti nel Cristo, il capo della Chiesa Cattolica Romana, si è inchinato e ha baciato la mano ad alcuni confratelli, tra cui Henry Kissinger, David Rockfeller, e John, vostro congiunto.

Si è inchinato e ha ossequiato il vostro potere, il potere dei fratelli massoni, nemici dichiarati di Gesù Cristo e della sua Chiesa.

E così facendo, si è inchinato anche al mio potere.

Ha riconosciuto, implicitamente, che il mio potere è più grande del suo. E di quello del suo Dio.Nessuno dei suoi predecessori aveva osato tanto.Essi hanno avuto bisogno della vostra famiglia, in passato, per varie necessità , quali il servizio di "Guardiani del Tesoro Vaticano", e tutta una serie di prestiti, ma ciò nonostante vi odiavano e vi invidiavano.

Questo Papa è diverso. E' un nostro alleato. In varie occasioni ha dimostrato di esserlo: è iscritto al Rotary International,una organizzazione massonica; nel suo stemma era presente una stella a cinque punte, un simbolo massonico. Poi , forse consigliato da qualcuno, l'ha sostituita con una stella a otto punte. Quando ha incontrato Emmanuel Macron ,presidente dei Francesi lo ha baciato , secondo il rituale.

Questo Macron, se non sbaglio, è un vostro ex dipendente. O forse sarebbe meglio dire :" ancora vostro attuale dipendente". Non è così , Jakob ?>>

<<Sì, signore, è così...Forse questo Papa, operando come nostro alleato e condividendo la nostra missione,

ritiene , ingenuamente, di agire per il Bene del Mondo, e non per il Male, signore...>>

<<Jakob, non ha alcuna importanza cosa lui pensi. Ciò che conta sono solo i nostri obiettivi e non i suoi>>

<<Avete ragione,...Che cosa dobbiamo fare ora, signore ?>>

<<Nulla,Jakob, proprio nulla...Tutto ciò che deve avvenire, avverrà.>>

La Storia sta' per concludersi. Il contratto è prossimo ad essere risolto ed estinto. Perché il suo scopo è stato raggiunto.

Il "Benefattore" dettò le sue regole e le sue direttive. I contraenti le hanno rispettate , nel corso dei secoli.

Essi hanno avuto il potere e il denaro che così avidamente desideravano.

Qualcuno ne ha calcolato il patrimonio complessivo, pur con molta approssimazione,considerando le innumerevoli società, aziende , banche in cui i componenti la famiglia sono compartecipi, in varia misura e a vario titolo. Parliamo di circa cinquemila miliardi di dollari. Una cifra superiore al PIL della Germania, e che quindi porrebbe quella famiglia al quarto posto nel mondo, dopo Stati Uniti , Cina e Giappone, in una ipotetica classifica per Nazioni.

Ben celati sotto mille incroci azionari, mille "scatole cinesi", mille società "off shore", mille società anonime, essi controllano la Blackrock, la più grande società di gestione finanziaria del mondo (4700 miliardi di dollari di depositi e di patrimoni ad essa affidati). La

Blackrock si potrebbe definire un mostro finanziario, considerando che suoi rappresentanti siedono nei consigli di amministrazione delle principali 500 multinazionali del mondo (così dichiarò il procuratore e legislatore americano Ron Paul).
E se vi siedono, non è per scaldare la sedia, ma per governare, influire, indirizzare, dominare, sottomettere, manovrare onde curare gli interessi dei loro padroni, che sono i firmatari di quell'ipotetico contratto.
La Blackrock è la maggiore azionista di Apple,General Electric, ExxonMobil, Chevron, Shell. Petrolio, tanto petrolio . E poi acqua, il vero petrolio di domani ; esso si può e si potrà sostituire con altre fonti energetiche. Ma non l'acqua. Essa non è sostituibile, e quindi Blackrock è

presente nelle multinazionali RWE e Danone.

Ma tutto ciò, in fondo, non è l'aspetto più inquietante di questa vicenda. Lo è il seguente : quella famiglia ha il dominio su quasi tutte le Banche Centrali del pianeta, che non sono affatto , come molti sarebbero portati a pensare, di proprietà pubblica. Sono società per azioni. Lo è la Federal Reserve degli Stati Uniti, che la famiglia controlla attraverso alcune delle banche private più importanti. Lo è la Banca Centrale Europea, il cui consiglio di amministrazione è formato dalle Banche Centrali dei singoli Paesi aderenti all'Unione Europea. E naturalmente, delle singole Banche Centrali sono azioniste le grandi banche private, controllate dalla famiglia in varia modalità. Lo è la

Banca d'Italia, partecipata dalle più importanti banche italiane, dove nei consigli di amministrazione siedono sempre loro. Lo è la Banca Mondiale, dove gli Stati Uniti sono il maggiore azionista con il 17% del totale . E il governo degli Stati Uniti è storicamente allineato coi desideri della famiglia.

"Una nazione non è governata da chi approva e promulga le leggi. Chi governa è colui che ne controlla le finanze". Questo è il "credo" di tutti loro, dal patriarca a tutta la progenie che ne è seguita sino a oggi. E questo è ciò che hanno perseguito . Riuscendovi.

I loro nomi e le loro attività e vicende lavorative, le loro implicazioni sui vari scenari economici e politici del Mondo sono il più possibile tenuti nascosti.

Una vita anonima, nell'ombra, che i grandi giornali e i più potenti network televisivi rispettano scrupolosamente. Ciò è comprensibile, considerando che essi o sono di loro proprietà , o sono sotto la loro influenza , diretta o indiretta.

Non amano le luci dei riflettori e dei flash, né amano il giudizio della Storia e della Cronaca.

Quindi, perché non rispettare questo loro ardente desiderio ?

Non citerò il nome di quel casato.

Non serve.

Questo libro non ha lo scopo di esprimere giudizi, sentenze, né di comprovare opinioni. Non ha lo scopo di verificare notizie , né di avvalorare tesi storiche o politiche.

Tantomeno, naturalmente ,non ha lo scopo di sollecitare odio verso ognuno di loro, né verso la loro razza, la loro religione, né verso il popolo ebraico.

Le responsabilità e le colpe di atti malvagi sono sempre individuali e mai collettive . Essi sono ebrei. Ma non tutti gli ebrei sono come loro. La Storia ci insegna che gli ebrei poveri, semplici, miseri, sono stati sempre perseguitati, umiliati, scacciati, sterminati. Non così è accaduto, nella Storia, agli ebrei ricchi e potenti. Ed essi lo sono. Sono avidi, arroganti, senza scrupoli morali. E sono loro , soltanto loro, i responsabili dei loro atti .

Lo scopo di questo libro , quindi, è di raccontare. E suscitare riflessioni. In me stesso e in coloro che lo leggeranno.

Questa gente si è comprata il mondo. In cambio, hanno venduto le loro anime a qualcuno. Lo potremo chiamare " Benefattore" , come nel racconto viene presentato; oppure lo potremo chiamare più facilmente Satana.

Perchè è accaduto, nel tempo, e stà accadendo, ancor più, oggi ?

C'è un uomo , ad essi molto vicino per ragioni di razza, religione, comunione di intenti e per legami finanziari ed economici.

Si chiama Jared Kushner. E' il marito della figlia del presidente degli Stati Uniti Donald Trump.

Il suddetto Kushner ha comprato un particolare edificio , in New York. Lo ha comprato per la astronomica cifra di 1,8 miliardi di dollari, una somma mai spesa prima per quel tipo di edificio.

Sulla facciata di questo palazzo grigio e scialbo, appare, ben

evidente, in altorilievo, una cifra :
666.

"...E la statua fece mettere a morte tutti quelli che non si prostravano davanti a lei. Essa fece sì che tutti, piccoli e grandi, ricchi e poveri, liberi e servi, ricevessero un'impronta sulla loro mano destra, o sulla loro fronte, di modo che nessuno potesse comprare o vendere, se non chi avesse l'impronta, il nome della bestia, o il numero del suo nome, perchè è numero d'uomo. E il suo numero è 666."

Così recita la profezia dell'Apocalisse di San Giovanni.

Perché , quindi ?

Perché , secondo me , è in atto il compimento di quella profezia : porre tutta l'umanità sotto l'egida di un unico governo mondiale, di un'unica religione, di un unico potere, di un unico pensiero, di un unico Padrone. Quel Padrone a cui quella famiglia ha venduta l'anima e che ne sta chiedendo ad essa conto.

Il prezzo ? Lo abbiamo pagato, lo stiamo pagando , e lo pagheremo soltanto noi.

Malgrado ciò, ritengo che la Speranza non debba mai venire a mancare. Sono sicuro che , infine, il Bene prevarrà sul Male, e il Mondo diventerà un luogo migliore in cui vivere.

"Io, Giovanni, sono colui che vide e sentì...Non sigillare le parole della Profezia, perché il tempo è vicino. L'ingiusto continui a commettere ingiustizie, l'immondo seguiti ad essere immondo, il giusto continui nel Bene... E io, Gesù, vengo presto, portando con me la ricompensa. Io

sono l'Alfa e l'Omega, il Principio e la Fine...Via, lontano da me i cani , i venefici, gli omicidi, gli idolatri e chiunque ama e opera la menzogna!>>
E così sia.

Dicembre 1760   pag.4
Aprile 1769   pag.8
Gutle era il suo nome   pag.12
Settembre 1793   pag.15
Gennaio 1800   pag.19
L'uomo avvolto nel nero   pag.23
Giugno 1815   pag.27
La sera era limpida   pag.29
Agosto 1830   pag.32
Jakob, provvedete   pag.35
La ricchezza accumulata   pag.38
Ho una ispirazione   pag.40
Marzo 1860   pag.43
Luglio 1870   pag.48
Lionel, cosa provate   pag.50
Gennaio 1914   pag.53
Giugno 1914   pag.56
Gennaio 1917   pag.60
Dicembre 1919   pag.64
Settembre 1929   pag.68
Febbraio 1933   pag.73
Settembre 1939   pag.80

Giugno 1949   pag.85
Ottobre 1963   pag.90
Gennaio 1978   pag.95
Agosto 2001   pag.101
Maggio 2016   pag.112
Febbraio 2020   pag.116
Maggio 2020   pag.120
La Storia   pag.124
Indice   pag.137